PAUL DORANS

EN BRETAGNE

POÉSIES

LORIENT

ALEXANDRE CATHRINE, IMPRIMEUR - EDITEUR

100, RUE DU PORT, 100

1892

15.026

Paul LORANS

EN BRETAGNE

POÉSIES

LORIENT
Alexandre CATHRINE, Imprimeur-Éditeur
100, RUE DU PORT, 100

1892

SOUVENIRS

Aux beaux jours écoulés je songe quelquefois,
Et je regrette alors mon enfance rieuse,
Où sans souci, fuyant l'étude sérieuse,
Je m'en allai cueillir les fleurettes des bois.

Je me revois, bambin, m'ébattant par la ville
Où l'Isole et l'Ellé viennent mêler leurs eaux,
Où les tilleuls fleuris, peuplés de gais oiseaux,
Jettent leur ombre douce à la cité tranquille ;

Les arbres du Bourg-Neuf et la Laïta qui dort
En son lit sablonneux bordé de fleurs tremblantes,
Le tic-tac des moulins, les cloches aux voix lentes.
Les verdoyants coteaux où croit le genêt d'or,

Cette nature aimée, où passa ma jeunesse,
Belle comme autrefois vient s'offrir à mes yeux,
Mais ces doux souvenirs de mon front soucieux
Hélas ! n'enlèvent pas le voile de tristesse.

C'est que j'ai vu la mort à mon chevet s'asseoir,
Tour à tour elle a pris et mon père et ma mère,
Mon court bonheur — semblable à la fleur éphémère —
M'a souri le matin pour me quitter le soir !

Si la main du malheur a meurtri mon enfance,
Si cette terre ingrate est un morne séjour,
Le *Travail* consolant me dira chaque jour :
« Ne pleure plus, ami, n'as-tu pas l'*Espérance* ? »

L'Espérance me montre en riant l'*Avenir*,
Mais l'âme pleine encore d'attristantes pensées
Pieusement je mets, sur vos tombes glacées,
O mes morts bien aimés ces fleurs du *Souvenir !*

14 Mai 1892.

LETTRE D'UN CONSCRIT BRETON

A SES PARENTS

Voilà trois jours mes bons parents
Que j'ai quitté notre chaumine,
Maintenant, fixe dans les rangs,
Je ne fais pas trop triste mine !

Vous ne reconnaîtriez plus
« Petit Yan » si peureux naguère,
Il a l'air des plus résolus,
On dirait qu'il part pour la guerre !

Adieu mon beau « chupen » brodé,
Mon « bragou-braz » et ma ceinture,
Mon chapeau, de velours bordé,
Adieu ma longue chevelure !

Le perruquier du régiment
M'a fait passer sous la tondeuse,
Il m'a dit que j'étais charmant
Sous la capote et la vareuse.

Il me semble que pour un « bleu »
Je conserve un petit air « crâne »
Mon pantalon d'un rouge-feu,
Mon képi bien droit sur mon crâne,

Voilà plus qu'il n'en faut vraiment
Pour satisfaire un gars modeste,
Arrivé triste au régiment
Par ma foi ! souriant j'y reste.

Et puis l'on dit que tout soldat
Qui sert bien notre bonne France,
Qui s'en va, quand le tambour bat,
Au feu sans craindre la souffrance,

On dit — est-il vrai ce dit-on ? —
Que tout petit troupier espère
Du maréchal l'heureux bâton,
Je l'aurai peut-être, mon père,

En attendant, pour vous servir
Et vous défendre un jour, je pense,
J'écris ces trois mots pour finir :
Mes chers parents : VIVE LA FRANCE !

PETIT JEAN.

Novembre 1891.

LE PARDON

Après un long combat sous le soleil brûlant
Deux fiers républicains, rudes soldats de Hoche,
Vont chercher le repos à l'ombre d'une roche
Où se dresse un vieux Christ, mutilé, chancelant.

Le couchant enflammé de son reflet sanglant
Rougit le divin front du Martyr sans reproche...
A pas de loup, furtif, un paysan s'approche
Des dormeurs oppressés par un rêve accablant :

C'est un chouan hâlé, robuste comme un chêne,
Au fond de ses yeux bleus luit un éclair de haine,
Et, le poignard en main, il songe au châtiment

Qui doit venger les fils de la terre bretonne,
Il va frapper !... mais non, il s'arrête, clément,
Car le vieux Christ de pierre a murmuré : « Pardonne ! »

18 Août 1891.

FILLE DE CHOUANS

L'escarmouche fut chaude et vingt *bleus* dans la plaine
Dorment leur dernier somme au fond des landiers d'or ;
Les chouans pourchassés se sont vengés encor,
Leurs fusils portent loin, aussi loin que leur haine !

Voici qu'une fillette, en robe de futaine,
Cheveux blonds, front hâlé par la brise d'Ar-Mor
Pensive s'agenouille en ce champ où la mort
A couché les soldats avec leur capitaine :

Elle cueille des fleurs dans les genêts dorés,
Pour que ces corps épars, ces corps qui sont sacrés,
Aient au moins un bouquet pour parure dernière.

Et sa voix monte pure au ciel, au grand ciel bleu,
Voici ce que l'enfant murmure en sa prière :
« Dans votre paradis recevez-*les* mon Dieu !

9 Novembre 1891.

LE JOUR DES ROIS

L'usage de fêter les rois est vieux, dit-on.
C'était un soir d'hiver, sous un chaume breton
La fête s'annonçait par des chants d'allégresse.
L'oie aux marrons cuisait, se dorant dans sa graisse
Et près du feu, le vin prenant des tons pourprés,
Comme un prisme jetait ses rayons diaprés
Sur l'heureuse famille environnant la table.
Les enfants turbulents près l'aïeul vénérable,
Le père et sa fillette et la tendre maman
Dans le calme du soir conversaient doucement.

Le repas cuit à point, l'active ménagère
Disposa le couvert et, d'une main légère,
Elle découronna le bon vieux vin vermeil ;
Chacun crut, en buvant, boire un peu de soleil...
Tout à coup on heurta timidement la porte.
Il faisait froid dehors.
        « Qui frappe de la sorte
» Par cette sombre nuit ? » dit la mère en tremblant.
Le père fut ouvrir. Or un vieillard tout blanc
Parut, courbant la tête et demandant l'aumône.
La neige tombait dru.

« Par la sainte Madone
Dit-on, entrez, brave homme, et chauffez vous un peu ! »
— Le mendiant craintif s'approcha du grand feu
Et murmura tout bas une douce prière :
« Que Dieu donne la joie aux gens de la chaumière,
Qu'il vivent de longs jours !... »

            « A table, bon vieillard
» Mangez, vous avez faim, goûtez-moi donc ce lard...
» Aimez-vous les marrons ?... en voici ; cette cuisse
» D'oie est un mets exquis ! Permettez que j'emplisse
» Jusques aux bords le verre où sourit le vieux vin !...»

Le pauvre laissa faire. Oh ! ce repas divin
En fit-il un pareil dans sa longue existence ?

Quand le gâteau des rois parut, quelle bombance
Pour les marmots charmés, ouvrant tout grands leurs yeux.
Mais la bonne maman, sans faire d'envieux,
Sut donner à chacun une aussi grosse tranche...
— Et la neige au dehors croulait en avalanche
Quand en la maison chaude on dit : Cherchons le roi!
— Le roi qui le sera ? — Petit Pierre est-ce toi ?
Franc luron, n'est-ce pas que la belle couronne
De papier d'or te plaît ? Eh ! mignonnette Yvonne
Tu voudrais être reine, et moi, l'aïeul, qui sait
Si pour la royauté le sort me choisissait...
Je ferais... chut, assez, mangeons, dit le grand père,

Or pour sa part la fève échut au pauvre hère !
Chacun vint aussitôt lui faire un peu la cour ;
On l'embrassa bien fort et quand ce fut le tour
D'Yvonne, le vieillard mit sur sa tête blonde
Le diadème d'or tant envié du monde !...

Dans sa simplicité qu'elle est belle ici-bas
La charité de l'humble au pauvre qui n'a pas !

L'AMOUR MATERNEL

O fauvette qui vas bien loin, à tire d'aile,
Chercher le vermisseau qu'il faut pour ton petit,
Reviens vite calmer et son jeune appétit
Et sa tremblante voix qui doucement t'appellé.

En t'envolant, vois-tu, c'est l'angoisse mortelle
Qui remplace la joie éclose dans ce nid ;
Sous le moëlleux duvet ton pauvret se blottit,
Car il craint l'épervier à la serre cruelle.

Mais quand près de son cœur il sent battre ton cœur,
O fauvette chérie, un rayon de bonheur
Se glisse, radieux, sous sa triste paupière

Et consolé l'oisel ouvre tout grands les yeux,
Sourit au clair soleil, sourit aux calmes cieux,
Puis s'endort en chantant sous l'aile de sa mère !

13 Mai 1892.

Imprimerie Lorientaise, Al. Cathrine, 100, Rue du Port.